Marie Décary

Née à Lachine, Marie Décary aura 47 ans en l'an 2000. Elle travaille dans les mondes merveilleux du cinéma, des arts visuels et de l'écriture. Elle a déjà réalisé quelques rêves et un film terminé en janvier 1985 qui s'intitule *La chevauchée roze*.

Co-fondatrice de *La vie en rose*, recherchiste et parfois journaliste, ce n'est ni la première ni la dernière fois qu'elle raconte une histoire. En 1983, elle a écrit *Au coeur du bonbon* (La courte échelle) et la prochaine fois, elle publiera sûrement le premier roman en son stéréo dolby. Elle aime beaucoup trop les mots qui font du bruit, surtout les atchoume, les kaplangne et les bedigne debedagne, pour s'en passer.

Claude Cloutier

Claude Cloutier est né le 5 juillet 1957. Quelques années plus tard, il rêvait de devenir joueur de football ou archevêque. Après avoir suivi des cours de pause café au cegep du Vieux Montréal, il s'inscrit à l'UQAM en plomberie, mais réussit par mégarde un certificat en arts d'impression.

Claude Cloutier collabore ensuite comme illustrateur et graphiste à différents magazines, dont *L'Actualité* et *Châtelaine*. Sa bande dessinée, *La légende des Jean-Guy*, parue dans le magazine *Croc*, l'a rendu célèbre auprès de sa cousine Mimi. Il réalise, actuellement, un film d'animation à l'O.N.F. à partir des personnages de *La légende des Jean-Guy*.

Marie Décary

AMOUR, RÉGLISSE ET CHOCOLAT

Illustrations
de Claude Cloutier

Les éditions La courte échelle
4611, rue Saint-Denis
Montréal (Québec) H2J 2L4

Conception graphique:
Derome et Pilotte, Designers enr.

Dépôt légal, 3e trimestre 1985
Bibliothèque nationale du Québec

ISBN: 2-89021-051-0

Chapitre I

Quelle époque! Les champions olympiques bondissent comme des sauterelles. Le mois d'avril sent la réglisse rouge. Assise par terre, au milieu de sa drôle de maison, Rose Néon s'entraîne à rester calme. Les mains sur les genoux, le menton droit, les yeux fermés, elle ne bouge pas d'un cil.

Une minute vient de s'écouler. Rose se concentre et essaie de ne penser à rien. Il fait noir dans sa tête comme au début du monde. Parfois des éclairs orange et jaunes zigzaguent sous ses paupières.

Comme s'il s'agissait d'une formule magique, elle répète à voix haute:

— J'ai 16 ans, je suis heureuse ici, je suis heureuse ici.

Rose a bien de la chance, c'est vrai. Elle habite au sommet du renommé Kitchi-Ketchup, un super-magasin de quarante-neuf étages. Construit comme une pyramide, le Kitchi est une des merveilles de la ville. Le pignon vitré de cet édifice étrange, c'est le château de Rose.

Pourtant, même si sa vie ressemble à celle d'une jeune princesse, Rose se sent vieille. Depuis des mois, elle ne réussit plus à dormir la nuit.

— C'était bien plus amusant l'année passée, se dit-elle tout à coup sans trop savoir pourquoi.

Cette pensée lui traverse l'esprit comme une météorite. Rose ouvre aussitôt les yeux. Ça y est! L'exercice de relaxation est raté. Heureusement qu'une boîte de chocolats traîne sur la petite table basse devant elle. Pour se consoler, Rose choisit une belle boule remplie de crème aux noisettes. Elle la glisse entre ses lèvres charnues et la laisse fondre sur sa langue.

— Maintenant, je prends un carré semi-sucré aux amandes.

Celui-ci, Rose le croque et l'avale rapidement. Elle mange toujours ses chocolats dans le même ordre.

— Les cerises, je les garde pour la fin. Si je goûtais à ces petits délices, se dit-elle en portant trois morceaux à sa bouche…

Ainsi, Rose les déguste finalement tous. Les doigts collants, elle pense comme d'habitude qu'il n'y a rien de plus triste qu'une boîte de chocolats vide.

Il ne faut quand même pas trop la plaindre. Son père lui en offrira encore tout un assortiment à son prochain retour de voyage!

— Charlie, demande-t-elle en levant la tête vers sa corneille apprivoisée, quelle heure est-il?

Juché au faîte de la pyramide, l'oiseau n'entend pas. Il est trop occupé à lisser son plumage.

Rose l'appelle à nouveau. Cette fois, Charlie sursaute et quitte son perchoir. Il s'envole, descend en planant vers Rose et fait un atterissage remarquable sur le coin de la petite table.

— Il est minuit et trois secondes, répond-il avec fierté et précision.

Rose panique. Elle a terriblement peur de passer une autre nuit blanche.

Ne comprenant pas pourquoi Rose est si énervée, Charlie ajoute automatiquement, en parlant comme un perroquet:

— Demain, le petit déjeuner sera servi à neuf heures vingt-trois secondes dans la grande salle à manger du Kitchi-Ketchup.

Cette nouvelle réussit à la rassurer.

Rose a toujours faim, surtout quand elle a peur. Elle mange autant qu'un joueur de hockey. Pourtant elle reste aussi mince qu'une feuille de millefeuilles et n'a même jamais eu un bouton d'acné sur le nez. Son secret? Je ne le connais malheureusement pas.

— Ça promet d'être irrésistible, se dit-elle en pensant au lendemain.

Chapitre II

Dans son laboratoire gastronomique, au 45ᵉ étage du magasin, Zoé n'a pas une minute à perdre. Elle s'élance, elle break-danse tout en donnant des ordres à son robot culinaire. Sous le soleil matinal, les rues de la ville se déroulent comme de longs rubans dorés. Zoé regarde par la fenêtre.

— À vue de nez il est sept heures, se dit-elle.

Dans le hall du Kitchi-Ketchup, la foule se presse déjà. Un maître de cérémonie, chauve, crie pour qu'on l'entende:

— Mesdames et Messieurs, approchez! Nous avons le plaisir d'accueillir l'éblouissante Zoé Labrie, la plus jeune cuisinière du monde! Un prodige! Approchez! Elle a été acclamée au concours des plus grands maîtres cuisiniers pour ses éperlans zézayants et son saumon double saut périlleux. Elle est maintenant parmi nous. Approchez! Ce matin, venez la voir préparer sa fameuse crêpe flambée aux azimuts. Approchez! Venez vous régaler dans notre grande salle à manger, au 45ᵉ étage! Approchez! Par ici l'ascenseur!

Le Kitchi-Ketchup ne ferme jamais ses

portes. Il les ouvre plutôt toutes grandes vingt-quatre heures par jour à des milliers d'acheteurs. Les jeudis, les samedis et les dimanches, ils sont tellement nombreux que les vendeurs s'en arrachent les cheveux un à un. Mais les acheteurs, ce n'est rien… Il y a aussi les flâneurs qui passent leur vie au Kitchi. La nuit, ils dorment au rayon des matelas. Le jour, ils écoutent leurs émissions préférées sur trente écrans à la fois, au 15e étage.

Si un vendeur les approche pour leur offrir son aide, ils lui répondent:

— Nous ne faisons que regarder!

Et le vendeur n'a pas le droit de se fâcher. Les flâneurs ont toujours raison.

Quand ils sont affamés, ils assistent à une démonstration culinaire… Ce matin, ils sont d'ailleurs nombreux au 45e étage.

C'est ainsi qu'en entrant dans la salle à manger, Zoé se retrouve devant une grosse foule. Sur l'estrade ronde au milieu des invités, une table avec deux réchauds a été installée. Zoé s'approche. Le tumulte des applaudissements est tellement grand qu'elle n'entend plus battre son coeur. Avant de commencer son numéro, Zoé prend le micro et dit:

— J'aimerais remercier Maurice et Thérèse, mes grands-parents. Ce sont eux qui m'ont appris à cuire les crêpes de cette façon.

Au fond de la salle, Rose Néon n'en croit pas ses yeux. Debout sur la pointe de ses orteils, elle observe cette drôle de petite fille aux cheveux courts, moitié noirs, moitié blonds.

— Elle a quel âge? demande-t-elle à voix basse au portier qui se tient à ses côtés.

— Neuf ans, lui répond-il. Son nom vient tout juste d'être inscrit dans le grand livre des records.

— Je veux lui parler, dit Rose.

Chapitre III

— C'est la gloire, Zoé! Te rends-tu compte? Le magazine *Super-Ultra* t'a consacrée vedette. Ta photo est sur la première page.

Tout en parlant, Rose fouille dans une grosse pile de vêtements entassés au pied de son lit.

— Est-ce que c'est dangereux? demande-t-elle à Zoé. Je veux dire, quand tu craches du feu pour flamber la crêpe qui vole au-dessus de ta tête?

Un peu intimidée de se retrouver chez Rose, Zoé répond doucement tout en continuant de regarder autour d'elle:

— Non, pas trop. Mes grands-parents travaillaient dans un cirque. Je les ai beaucoup observés. Mais c'était il y a longtemps, dans le temps de la préhistoire, quand j'étais petite.

Sur ces mots, Rose Néon pouffe de rire. Zoé la regarde fixement.

— Est-ce que je peux essayer tes souliers? demande-t-elle subitement.

Surprise et intriguée, Rose prend quatorze paires différentes et les aligne devant Zoé.

— Tiens, choisis. Il y a le modèle mari-lyne, dit-elle en montrant une chaussure pointue comme un accent aigu; les sandales, les escarpins rouges ou les espadrilles… Mais je pense bien qu'ils sont trop grands pour toi.

Sans dire un mot, Zoé attrape une paire de bottillons noirs en suède. Elle les essaie et toute fière, elle dit à Rose:

— Nos pieds sont pareils. Si on était des arbres, nos racines auraient la même longueur!

— Si tu les aimes, tu peux les garder, dit Rose en prenant sa nouvelle amie par la main. Ils te vont bien mieux qu'à moi. C'est un vieux style, mais il revient à la mode à tous les cinq ans.

Zoé se sent bien. Chaussée de ses «suèdechous», elle pourrait courir jusqu'à Tombouctou. Mais elle ne partira pas. Pas tout de suite. Pour le moment elle est trop contente d'avoir rencontré Rose Néon.

— Je suis engagée pour un mois. Je vais donner trois spectacles par jour. J'espère qu'on pourra se revoir souvent, dit-elle sans reprendre son souffle.

— Mieux que ça, réplique Rose subito

presto. J'ai dit à ton impresario que tu n'irais pas à l'hôtel. Si tu veux, tu peux demeurer ici. Avec moi et Charlie, dit-elle en pointant son index vers le haut de la maison.

Croyant qu'on l'appelle, la corneille virevolte et vient aussitôt se poser sur l'épaule de Rose.

Zoé les contemple, émerveillée. À ses yeux, Rose est bien plus belle qu'une princesse. Ses cheveux sont très courts et très très noirs avec des reflets bleu électrique. Ses yeux barométriques changent de couleur avec le temps. On dirait presque une déesse.

Zoé lui sourit et dit:

— Oui, j'aimerais ça rester ici!

— Il faut fêter, dit Rose. Buvons du chocolat! Cette boisson irrésistible dont raffolait l'empereur aztèque Montezuma lui-même…

Avec cérémonie, Rose invite Zoé à la suivre. Au passage, elle lui montre quelques-unes des pièces de son palace de cristal.

— Ici, c'est la jungle, dit-elle en entrant dans une sorte de jardin tropical rempli de palmiers, de fleurs et de fruits.

Puis Rose et Zoé descendent quelques marches. Elles pénètrent ensuite dans une grande salle pleine de miroirs et de décors.

— Es-tu une actrice? demande Zoé à Rose.

— Moi? Non... C'est mon père qui a toujours rêvé de diriger une troupe de théâtre. Quand je m'ennuie, je viens ici pour me déguiser.

Au mur, sont accrochés des costumes de toutes les couleurs et de toutes les époques.

— C'est beau ici, dit Zoé en passant sa main sur les tissus.

Au fond de la salle, cinquante-deux colonnes comme celles d'un temple grec sont entassées pêle-mêle. Rose se faufile entre elles. Zoé la suit, curieuse.

Une fois cette étrange forêt blanche traversée, Rose et Zoé se retrouvent sur une terrasse qui domine la ville.

— Waou!

Zoé s'exclame. C'est plus fort qu'elle. Elle se penche sur la rampe. Quarante-neuf étages plus bas, la ville grouille de vie. C'est magnifique.

Zoé se retourne. Rose s'approche en tenant un plateau dans ses mains.

— Tiens, bois, dit-elle en lui offrant

un gobelet incrusté d'écailles de tortue. Comme tu aimes le chocolat, nous serons de grandes amies. Bip bip bip bip biiiiiiip. La sonnerie lance soudainement son cri perçant.

— Qu'est-ce que c'est? dit Zoé.

— Seulement ma montre-téléphone, dit Rose en lui tendant son poignet.

— Allô!

— Mademoiselle Rose, votre père sera là dans une dizaine de minutes, dit la voix portée par les ondes.

— Ah! oui… j'allais oublier, répond-elle en vidant sa tasse d'un trait. J'arrive!

— Suis-moi, dit-elle à Zoé.

Les deux amies retraversent rapidement la maison.

Charlie se cramponne à Rose.

Chapitre IV

Dans l'ascenseur, Rose s'impatiente. Elle pèse plusieurs fois sur le numéro 15 comme si c'était l'accélérateur d'une voiture de course. Zoé en a le coeur qui bondit comme un tigre dans sa poitrine.

Ding! Soudainement ralenti dans sa descente, l'ascenseur s'arrête au 32e étage. Les portes métalliques s'ouvrent. Un homme et deux femmes viennent se poster devant Rose et Zoé. Ils portent des verres fumés et ressemblent à des cartes de mode. Ils n'ont pas l'ombre d'un sourire au visage. Cela ferait sans doute craquer leur maquillage. Sans se retourner, sans dire bonjour, la blonde habillée de rouge appuie sur le numéro 40. L'ascenseur lui obéit et commence à remonter, comme un yo-yo. Zoé jette un coup d'oeil à son amie. Rose ouvre la bouche pour protester, mais quelque chose la retient. En baissant les yeux elle aperçoit sur le talon de leurs souliers vernis un signe qu'elle reconnaît bien. Les lettres S.U.

— Pardon, demande-t-elle timidement à la brune vêtue de bleu, êtes-vous du magazine *Super-Ultra*?

Surpris, les membres du splendide trio tournent la tête. Sûre de son coup, Rose n'attend même pas leur réponse pour se présenter.

— Je m'appelle Rose, mais elle c'est Zoé Labrie, celle que vous nommez «la Mozart de la gastronomie» dans votre dernier numéro.

— Enchantée, mademoiselle. Toutes nos félicitations. Votre spectacle a été grandement apprécié par nos critiques.

La blonde vient enfin de parler. Rose est impressionnée.

— Si vous voulez, enchaîne-t-elle trop vite, nous vous invitons à dîner. Zoé pourrait vous préparer son lapin magique. Hein, Zoé? lui demande-t-elle tout énervée.

— Ma chère petite, précise la blonde, tu t'adresses à Brandy Dandy, notre chef. Depuis un mois, personne n'oserait offrir du lapin à un Super-Ultra. Cela ne se fait plus, voyons, c'est dépassé, out!

Ding! Au 40ᵉ étage, les portes s'ouvrent à nouveau.

— Eugénie, Scarlette, venez, dit Brandy Dandy en les entraînant parmi la foule des acheteurs.

Rose se sent légèrement humiliée. D'instinct, Zoé comprend qu'il vaut mieux ne pas dire un mot.

— Ils sont un peu bêtes, conclut Rose déçue, mais je suppose que c'est parce que trop de gens leur parlent.

Rose n'aime pas trop perdre la face, mais elle se console rapidement.

— Une chance que tu es ma complice, murmure-t-elle à Zoé.

Zoé ne sait pas trop cc que complice veut dire. Puis elle croit se souvenir: dans les films, ceux qui font des bons ou des mauvais coups s'appellent ainsi.

Le nez en l'air, comme si elle venait d'être décorée d'une médaille d'or, Zoé suit Rose et Charlie au rayon des téléviseurs.

Chapitre V

— Nous sommes arrivés, dit Charlie en roulant ses r.

— La dernière fois, il est apparu là-bas, dit Rose en montrant un écran géant.

— Ton père joue au fantôme? demande Zoé pour s'amuser.

— Non, il s'occupe de ses affaires, répond Rose très vite et sur un ton sec.

Quand elle parle de son père, le comte de Ketchup, Rose ne fait pas de farces. Elle le voit peu, mais l'aime énormément, comme un dieu.

— Il a quel âge? demande Zoé plus délicatement.

— Trente-six ans, répond Rose, l'air préoccupé.

Sans exagérer, disons que le comte de Ketchup n'est pas un businessman ordinaire… Il dirige le Kitchi-Ketchup depuis l'âge de quinze ans et n'arrête pas de faire le tour du monde… Comme il est toujours en voyage, il enregistre une fois par mois un message pour sa fille bien-aimée.

C'est facile à faire.

Monsieur son père possède aussi sa propre chaîne de télévision.

— Où est le Ketchup? Où est le Ketchup? répète Charlie en poste sur une colonne de son.

Pour lui clouer le bec, Rose lui dit:

— Mon père est magicien, si tu n'arrêtes pas, il te changera en bicyclette.

Charlie croit tout ce qu'on lui dit. Effrayé, il pose maladroitement ses pattes sur une télécommande et écrase tous les boutons en même temps. Grâce à ce faux pas de la corneille, la tête du comte de Ketchup paraît instantanément sur tous les écrans, petits et grands.

Zoé se pâme d'admiration. Elle siffle.

— Il est beau, dit-elle à Rose.

Le comte de Ketchup est au volant d'une limousine. On le voit à travers le pare-brise.

— Ma chère Rose, commence-t-il. Je suis présentement en Australie. Tant mieux pour moi.

En souriant, il montre toutes ses dents.

— En ce mercredi qui est pour toi un mardi, j'ai rencontré le sage du désert. Je lui ai longtemps parlé de toi… Le vieux est un homme tout à fait lumineux, tu vas voir!

Ici, le comte de Ketchup s'arrête de parler et compte jusqu'à trois dans sa tête. C'est plus professionnel. Tous les annonceurs le font.

— Écoute-moi bien. J'ai une grande nouvelle à t'annoncer… Après la pause, je te révélerai le sens de ta destinée.

Le message publicitaire qui suit vante le comte de Ketchup: son magasin, sa bonté, son haleine fraîche et tout et tout. Rose n'écoute pas. Elle connaît cela par coeur. Et puis ses oreilles commencent à bourdonner.

— Rose, Rose, mon chéri (elle déteste qu'il l'appelle ainsi), le temps est venu de sortir de ta pyramide et de tomber en amour. L'amour, mon petit alligator ascendant caméléon, ma petite Béatrice Rose Venise. L'amour est plus fort que tout. C'est la vie, le bonheur, le sel sur la patate frite.

— L'amour c'est comme de la viande crue, j'aime pas ça. Et puis j'ai déjà essayé, ça ne marche pas, crie Rose comme si son père pouvait l'entendre.

Évidemment, des flâneurs assistent à l'émission spéciale. Certains d'entre eux pensent comme Rose et se mettent à applaudir.

Rose tremble. Zoé ne sait pas quoi faire ou dire pour soutenir sa nouvelle complice. Le comte de Ketchup en rajoute. On voit bien qu'il n'est pas là.

— Le sage du désert m'a fait voir dans ton cerveau comme dans une boule de cristal. L'amour est une drogue plus forte que le chocolat, tu verras. Ton coeur et ta tête seront saisis d'un picoti qui te rendra euphorique, pétillante, sucrée sans sucre. Tu voudras toujours être avec lui, te mouler à lui, mettre tes pas dans les siens…

— Je ne veux pas devenir une siamoise, crie Rose comme si des gros chats miaulaient dans sa gorge. Zoé, Charlie, supplie-t-elle, essayez de l'arrêter. Aïe! mon coeur fait mal. Je veux du chocolat. Donnez-moi du chocolat, vite.

Mais il n'y a rien à faire. De plus, le comte de Ketchup s'approche pour dire un secret. On dirait que son nez va percer l'écran.

— Rose, dit-il avec une voix de caramel mou, j'ai parlé à mon ordinateur. Il m'a répondu et m'a assuré de sa collaboration. Dans un mois, je viendrai te présenter celui qui sera ton compagnon, l'amoureux idéal.

— NON, NON, NON!

Rose attrape la télécommande et la lance de toutes ses forces sur son père télévisé. Splingue! Le nouveau modèle d'écran trampoline est à l'épreuve des téléspectateurs furieux.

— À bientôt, Rose, dit le comte de Ketchup avec son grand sourire retransmis par satellite.

Chapitre VI

Depuis une semaine maintenant, Rose est enfermée dans la grande salle des costumes avec des boîtes et des boîtes de chocolats. Elle ne bouge plus et passe ses journées à manger. Les uns après les autres, elle avale les fondants, les croustillants, les friandises-surprises et les bouchées givrées. Parfois le sucre lui chatouille tellement les mâchoires que Rose en grimace, moitié de plaisir, moitié de peine. Dans le miroir qui lui fait face, elle hallucine, s'imagine alors transformée en monstre. Engraisser, enlaidir et même éclater avant que son père ne revienne avec l'amoureux: voilà son rêve!

Tous les jours entre ses trois représentations, Zoé se précipite dans l'ascenseur et monte au 49e étage. À chaque fois, elle s'assoit contre la porte close et appelle doucement son amie.

— Rose, je peux te raconter une histoire d'amour, si ça te tente.

— Ah non! surtout pas.

— Pourquoi? demande Zoé, un peu fâchée.

— Parce que c'est toujours pareil. Et

puis, je suis trop vieille maintenant.

— Bon, dit Zoé qui fait mine de se résigner. Mais est-ce que tu veux me parler encore de tes anciens amoureux… comme hier? insiste-t-elle.

Le ton de Zoé est convaincant. Rose ne peut lui résister.

— Oui, mais il faut d'abord que tu promettes de ne pas le répéter. C'est un secret.

— Je le jure, affirme Zoé, comblée.

Pour elle, la vie de Rose ressemble à un conte. Elle se régale des souvenirs de son amie comme si c'était du gâteau.

— Est-ce que tu peux recommencer l'histoire du premier… tu sais celui qui est blond…?

Rose sait exactement ce que Zoé veut entendre.

— Max!… Lui, au moins, il était drôle. Dans le vestiaire de l'école maternelle, on jouait à deviner les odeurs des autres en respirant leur linge.

— Pendant combien de temps ça a duré?

Zoé pose toujours les mêmes questions. Rose s'y est habituée, mais ces conversations la rendent finalement triste.

— À la fin du cours primaire, sa mère a déménagé dans une autre ville et je l'ai perdu.

— J'ai jamais eu de Prince Charmant, moi. Ça doit être excitant?

Rose n'écoute plus vraiment Zoé. On dirait qu'elle marmonne pour elle toute seule:

— Des fois, tu aimes quelqu'un, mais lui ne te regarde pas. D'autres fois, tu rencontres un garçon, et puis au bout de dix minutes, tu ne veux plus le voir. De toute façon, même si ça commence bien, ça finit toujours mal.

— Est-ce que c'est obligé? relance Zoé toujours aussi curieuse.

La réponse ne vient pas.

— Rose…

— Moi, j'aime mieux mourir tout court que mourir d'amour…

Mince comme un fil, sa voix se glisse sous la porte et arrive quand même aux oreilles de Zoé.

Chapitre VII

— J'aime mieux mourir tout court que mourir d'amour. C'est ce qu'elle a dit. Je l'ai entendue.

Zoé parle fort. Elle fait de grands gestes, en espérant que Charlie la comprendra.

— *Caramba*! dit la corneille.

Depuis quelque temps, il se prend pour un oiseau des pays chauds et parle souvent en espagnol.

— C'est effrayant, ajoute Zoé, il faut faire quelque chose.

— Rose a des pensées sombres, répond finalement Charlie. Il faut demander au Bigoudi Sentimental de lui inventer une nouvelle coiffure.

Les yeux ronds comme des balles de ping-pong, Zoé écoute attentivement.

— Je l'attends justement, poursuit Charlie. Moi aussi, j'en ai assez du noir, dit-il en regardant son plumage.

— Me voici, me voici! Yaou! Moi le sculpteur de têtes.

L'arrivée du Bigoudi Sentimental ne passe jamais inaperçue. Surtout depuis qu'il porte des pantalons jaune flash et une longue perruque rouge bouclée.

— Que désirez-vous, insiste-t-il; une chevelure lisse comme une patinoire, frisée comme une laitue ou gonflée comme une montgolfière?

— Justement, mon cher ami, lui croasse Charlie…

— Justement… reprend Zoé qui s'inquiète de Rose. Charlie, volez jusqu'à sa porte et tâchez de la convaincre de nous ouvrir.

Zoé tire le Bigoudi par la manche de son habit métallique et lui raconte la dramatique histoire de Rose.

— Bigoudi, demande-t-elle en terminant, on m'a dit que tu connaissais tous les mots de A à Z. Que faut-il faire?

Le Bigoudi Sentimental est flatté. D'une voix solennelle, il répond:

— D'après moi, Rose souffre d'abandonnique aiguë. Ce mot se trouve exactement à la deuxième page du dictionnaire, si tu veux le vérifier. Il signifie que Rose a peur d'être abandonnée.

— Qu'est-ce que tu veux dire? demande Zoé.

— Je crois que son malheur a commencé quand son père, le comte de Ketchup, est parti en voyage. Rose est jeune et vieille en même temps. Elle a toutes ses dents, mais sa tête est pleine de souvenirs qui la paralysent.

— Je ne suis pas d'accord, dit Zoé, sans pouvoir donner une seule raison, à cause de sa promesse.

— Pense ce que tu veux, réplique le Bigoudi. De toute façon, il n'existe que deux solutions à son problème.

Le coiffeur lui explique son plan en criant ciseau. D'abord, il propose de raser les cheveux de Rose:

— Lorsque son crâne sera libre de poils, Rose se sentira comme un bébé naissant et pourra recommencer sa vie. Ensuite, il faut que Rose vive un nouvel amour.

— Tu parles comme le comte de Ketchup, lui lance Zoé en pensant à Rose.

Mais le Bigoudi ne l'écoute pas. Il lui parle plutôt d'une de ses clientes qui possède des pouvoirs magiques.

— Elle s'appelle Yo, annonce-t-il à Zoé. Elle vient de fêter ses 151 ans, mais paraît en avoir trente. Elle fait du jogging, s'entraîne et danse tous les soirs au studio des Vieux-Jeunes. C'est ici, au 10e étage du magasin, juste à côté de mon salon de coiffure.

Zoé écoute soudainement le Bigoudi avec intérêt.

— Il faut aller la voir, dit-il. Yo connaît la composition du philtre d'amour. Il paraît que c'est une formule garantie. Celle qui boit cette liqueur magique aime le premier homme dont elle croise le regard.

— Arrête de me conter des histoires, dit Zoé un peu fâchée de ne pas connaître cette recette-là.

— Je le jure sur la tête de tous mes clients, répond le Bigoudi.

Zoé n'ose plus le contrarier.

— De toute façon, dit le jeune coiffeur, il faut d'abord exécuter la première partie de mon plan merveilleux. Je prends mon peigne et mes ciseaux…

— Croa croa croa croa Ro-se Né-on.

À ce moment-là Charlie revient, les plumes en bataille. Il est complètement affolé, comme si le printemps n'allait plus jamais revenir.

— Voyons Charlie, dit Zoé.

Elle se tourne vers le Bigoudi Sentimental:

— Il doit se passer quelque chose de grave. Allons-y!

Zoé et le Bigoudi arrivent-ils trop tard?

Dans la grande salle des costumes, sa garde-robe, Rose est étendue sur le plancher. Elle est enterrée sous les boîtes de chocolat vides. Ses jupons de plastique, ses bijoux clinquants, ses souliers de claquettes sont éparpillés autour d'elle.

Le Bigoudi se penche doucement sur le coeur de Rose. Il écoute. Elle respire toujours.

Zoé s'approche.

De grosses larmes lui brouillent la vue, comme lorsqu'on ouvre les yeux sous l'eau.

Chapitre VIII

Le soleil se couche. Le ciel est rose, jaune et bleu.

Charlie veille sur sa Rose endormie.

Pendant ce temps, Zoé et le Bigoudi arrivent au studio des Vieux-Jeunes. L'entrée est décorée d'une guirlande de lumières de toutes les couleurs.

— Le mercredi, Yo pratique la lutte. Le jeudi, c'est le tir à l'arc. Aujourd'hui, elle doit se trouver au gymnase, dit le Bigoudi.

Zoé entre avec lui dans une grande salle. La pièce est remplie d'instruments pour s'étirer les bras, se durcir le ventre, se former les cuisses et les fesses. Il y a des slogans partout sur le mur. Des phrases comme: Vive les arachides sans sel, le café sans sucre, le pain sans beurre et le rhum pur! Zoé n'en revient pas.

— Les Vieux-Jeunes ne veulent surtout pas avoir l'air de leur âge. Ils sont prêts à tout pour ne pas rider ou tomber en ruine.

— Tu as combien, toi? demande Zoé, du tac au tac.

— J'ai 18 ans, mais tout le monde pense que j'ai 20, répond le jeune coiffeur fièrement.

Au même moment, le Bigoudi salue un homme qui court sur un tapis roulant.

— Lui, c'est un homme fort, dit-il. Regarde, ses muscles ondulent comme des vagues... Eh bien, tu sauras qu'il meurt de peur à l'idée de devenir chauve.

Comme le Bigoudi termine son explication, une voix à faire tomber les cheveux se fait entendre:

— Bigoudi, Bigoudi!

Zoé et le maître coiffeur se retournent en même temps.

— C'est elle, murmure le Bigoudi à Zoé. Bonjour, madame Yo, comment allez-vous? Je vous cherchais justement.

— Pourquoi donc? demande Yo en se tâtant la tête. Ma chevelure n'a plus d'allure, peut-être? Ah! Si tu savais ce qui m'arrive, continue-t-elle. Je viens d'être poursuivie par trois personnes étrangement bien habillées. On aurait dit des cartes de mode: un homme et deux femmes, je les ai vus... Ces chics bandits ont essayé de m'arracher ma petite valise rouge. Tu sais bien, celle qui contient mes biens les plus précieux. Je ne m'en sépare jamais. C'est Rodolphe qui me l'a donnée. Je t'ai déjà tout raconté ça, au salon. T'en souviens-tu?

— Oui, oui, dit le Bigoudi gentiment, mais… excusez-moi, je suis un peu pressé.

— Bon, je te conterai la fin une autre fois. De toute façon, ils ne m'ont pas attrapée, c'est le principal. Au lieu de prendre l'ascenseur, j'ai grimpé les escaliers quatre à quatre. Ils n'ont pas pu me rejoindre.

— Les Super-Ultras? demande Zoé sans que personne l'entende.

— J'ai besoin de vous, avoue enfin le Bigoudi.

Un peu remise de ses émotions, madame Yo le corrige:

— Je t'ai toujours demandé de me tutoyer. C'est plus jeune!

— Oui… pardonnez-moi. Vous reste-t-il une bouteille de cette boisson que les époux buvaient, à votre époque, le jour de leurs noces?

— Non, tu sais bien qu'il n'en reste plus une goutte. Autrement, il y aurait moins de séparations, de divorces… Qu'y a-t-il? Es-tu amoureux?

Avec un petit sourire, Yo se penche sur le côté et examine Zoé qui se tient derrière le Bigoudi.

— Non, pas moi… C'est une de nos

amies. Elle a perdu l'amour et doit le retrouver très bientôt.

— Quelle bonne idée, constate Yo en lui coupant la parole. Moi je me suis mariée au moins une dizaine de fois dans ma vie.

— Pensez-vous au moins pouvoir vous souvenir de la recette de ce philtre d'amour?

Sans aucun commentaire, Yo se lance dans une suite de roues et pirouettes. Elle fait le tour de la piste en un temps record de 51 minutes, 37 secondes.

— L'exercice, ça replace les idées. Voilà, dit-elle.

Sans reprendre son souffle, elle lui glisse à l'oreille la formule secrète.

Zoé ne bouge pas. Elle observe le Bigoudi. Il se gratte nerveusement les mains en écoutant sa célèbre cliente.

— Hum, hum, fait-il. Ça va, j'ai une mémoire d'ordinateur.

Il se retourne et jette un drôle de regard à Zoé.

— Nous serons prudents, je vous le promets.

Chapitre IX

Zoé et le Bigoudi sont revenus à toute vitesse au laboratoire gastronomique.

— Es-tu prêt? J'ai hâte de commencer, dit la jeune cuisinière… Vas y, donne-moi la recette!

Depuis leur sortie du gymnase, le Bigoudi ne dit plus un mot. Il se tient droit comme un i et porte dans ses bras la mallette rouge que Yo lui a prêtée. Du regard, il cherche un endroit sûr où la déposer.

En suivant le mouvement de ses beaux yeux d'or, Zoé s'empresse de dire:

— Ici, ici, sur le comptoir.

— Non, là, dit le Bigoudi simplement pour avoir raison.

En tombant sur la table, la petite valise couleur cerise émet une faible note de musique.

— C'est un *mi*, constate Zoé.

— Non, c'est un *si*.

Le Bigoudi se vante évidemment d'avoir l'oreille fine. Pour le prouver, il appuie subito sur la bonne touche du piano-serrure. La valise s'ouvre aussitôt.

— Le cinquième mari de Yo était un agent secret. Il espionnait sûrement les orchestres symphoniques avec ce drôle d'appareil, dit le Bigoudi en jouant au détective.

— Regarde ce qu'il y a dedans! s'exclame Zoé.

Elle sort une nappe noire, trois roses en plastique et sept petits pots qui contiennent sûrement les ingrédients mystérieux. Zoé prend dans une armoire un gros pot à limonade et s'installe sur la grande table avec cérémonie.

— On y va, dit le Bigoudi. Je commence à compter à l'envers, TREQUA, ISTRO, XEUD, NU, ROZE.

Les yeux fermés, il répète ce qu'il a appris par coeur: pour réussir un bon philtre, il faut quatre croûtes de pain brûlées, cinq fleurs de pissenlit, treize gousses d'ail et le coeur d'un céleri rabougri.

— Ensuite, poursuit le Bigoudi, mélanger un sachet de jus de raisin et un litre de larmes de crocodile du Nil. Brasser le tout pendant 12 secondes, le chiffre magique, dit-il en imitant Yo. Et puis, décorer avec trois pattes de mouche.

— Ouache! fait Zoé. Rose ne voudra jamais avaler ça, elle déteste les mouches. Je suppose qu'il faut aussi ajouter la paire de chaussettes de ton cousin, celui qui court le marathon?

Zoé regarde le liquide bleu en grimaçant:

— Non, non, ça ne va pas du tout. Je vais ajouter un peu de réglisse rouge. Elle est délicieuse en ce moment. C'est la saison.

Zoé passe à côté du Bigoudi en courant:

— Je reviens tout de suite. Laisse le philtre sur la table.

Le Bigoudi n'a même pas le temps de répliquer. Mécontent, il ramasse la valise rouge pleine de mystères et sort en claquant clac clac du talon. En attendant le retour de Zoé, il décide de monter au 48ᵉ étage. À cette heure-là, la piscine est déserte, c'est agréable d'y nager.

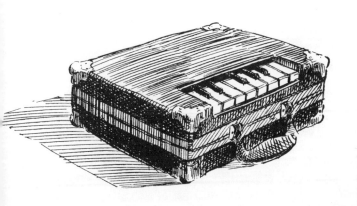

Chapitre X

— Broup!

Au milieu de ses crinolines, Rose se réveille en rotant. Avec ses petits yeux de nuit, elle regarde autour d'elle et cherche Charlie. La corneille n'y est pas.

— En quelle année sommes-nous? demande-t-elle à voix haute.

Quand elle mange beaucoup beaucoup de chocolat, Rose perd le nord. Elle perd aussi la carte, son calendrier, sa montre. Elle perd tout et s'endort comme un serpent qui avale une trop grosse souris. Pendant que son estomac travaille, Rose se repose. À chaque fois, elle fait le même voyage imaginaire.

— Comme c'est étrange, se rappelle-t-elle. J'atterris toujours sur Vénus.

Rose ne sait pas qu'elle a dormi vingt-quatre heures. Elle connaît mieux sa galaxie que son anatomie. Pendant que Zoé et le Bigoudi s'énervaient, elle rêvait. C'est une mouche, en se posant sur son gros orteil, qui l'a tirée de sa longue période de digestion. Bzzz, l'insecte n'arrête pas de voler autour d'elle. Rose reste calme. C'est surprenant! Il n'y a pourtant rien ni personne qui l'énerve plus qu'une mouche affectueuse.

BZZZ! Incroyable!

Attirée par l'odeur sucrée de son haleine, la petite peste se dépose sur son nez en trompette.

Rose ne la regarde même pas de travers. C'est louche. La mouche en profite pour l'admirer de tous les côtés et la trouve adorable.

Rose n'entend même pas le son de ses ailes froissées par le vol, elle écoute son ventre!

Elle se lève, marche en zigzag et pas à pas traverse la grande maison.

Elle prend l'ascenseur et se rend automatiquement au fond de la grande cuisine du Kitchi.

À peu près sûre d'y retrouver Zoé, elle pousse doucement la petite porte; mais il n'y a personne dans le laboratoire.

Sur la table, Rose ne voit qu'un pot rempli de liquide bleuté. Elle avance, tend la main et avale toute la boisson magique. Puis elle quitte les lieux par une sortie dont elle seule connaît l'existence.

Chapitre XI

Splouche! Le Bigoudi glisse dans l'eau comme un dauphin. Splouche! Il plonge au fond de la piscine, fait une vrille, frétille comme une anguille. Puis, il remonte à la surface.

— Ah! fait-il en expulsant une petite pluie turquoise de sa bouche. Le Bigoudi est content. Il a noyé sa mauvaise humeur dans le chlore.

Les cheveux plaqués sur la tête, il passe sous la lampe chauffante. La lumière rouge qui l'englobe lui donne une allure impressionnante.

Le Bigoudi montre ses deux profils aux miroirs qui l'entourent. Il tourne sur lui-même, admire ses jambes baladeuses, son ventre plat, son torse capitonné.

— Tu es plus que parfait.

Le Bigoudi entend bien le compliment mais il ne voit personne. Un rayon éblouissant l'aveugle.

Debout, juste à côté, Rose le contemple depuis un bon moment. Elle s'approche de lui comme d'un animal superbe. Le coeur du Bigoudi bondit. Il tire sur un immense rideau de plastique et se couvre de la tête aux pieds.

L'apparition de Rose le surprend. Il la trouve étrange.

— Qu'est-ce que tu fais ici? lui demande-t-il un peu brusquement.

Elle dit: Je suis revenue à la vie dès l'instant où je t'ai vu.

Le Bigoudi paraît intrigué. Rose est pâle comme un ange.

— Comment te sens-tu? dit-il en lui tapant amicalement sur l'épaule.

Rose prend la main du Bigoudi et l'attire près d'elle.

Elle dit: C'est toi qui sent bon.

Le Bigoudi s'arrête. Il ne comprend pas. Il ne comprend pas ce charabia. Deux baigneurs les frôlent et les regardent curieusement.

— Où est Zoé? demande-t-il.

Elle dit: Je ne sais pas. Je sais que je t'aime.

Le Bigoudi commence à être vraiment inquiet.

— Vite, lance-t-il, sortons d'ici.

Elle dit: Oui, partons en voyage!

Sans attendre de réponse, elle pose ses lèvres sur celles du Bigoudi. La maladie d'amour est un virus qui se transmet instantanément. Le Bigoudi frotte son nez sur celui de Rose et dit: Je t'aime moi aussi.

Elle dit: Je t'adore.

Il dit: On va où tu voudras.

Elle dit: Commençons notre aventure dans le métro. Je rêve depuis si longtemps de voir le monde.

Le Bigoudi fait un grand sourire de dix centimètres au moins.

Elle dit: Aimes-tu mes sourcils?

Il dit: Oui, j'aime tes sourcils.

Elle dit: Moi, j'aime ton menton.

Il dit: Est-ce que tu te moques de moi?

Elle dit: Non, je ne me moque pas de toi.

Il dit: Vraiment, tu m'aimes?

Elle dit: Oui, je t'aime vraiment.

Il dit: Dis je t'aime.

Elle dit: Je t'aime.

Rose et le Bigoudi sont en amour.

Au-dessus de leurs têtes, Charlie assiste à toute la scène. Comme il est spécialiste des films sentimentaux, il les trouve beaux comme des acteurs d'Hollywood. Charlie a envie de se joindre à eux. À la dernière minute, il s'étire le cou pour se montrer et dit à Rose et au Bigoudi surpris:

— Je suis l'oiseau de votre paradis. Suivez-moi, je connais le chemin.

Chapitre XII

Au 40e étage du Kitchi-Ketchup, il y a un jardin. Oui! Un jardin dans un grand magasin. Avant de signer son contrat comme cuisinière invitée, c'est d'ailleurs la première question que Zoé a demandée:

— Y a-t-il ici un endroit où on peut planter des choux, des tomates et des fraises?

— Nous avons tout cela et plus, lui a-t-on répondu. Le Kitchi-Ketchup peut même se vanter de cultiver le seul champ de réglisses au monde.

Debout au milieu de cette unique plantation à ciel ouvert, Zoé aspire l'air à pleines narines.

— Quelle odeur irrésistible, se dit-elle.

Sous le doux vent d'avril, les tiges ondulent à gauche, à droite, comme un ballet de spaghetti.

En faisant bien attention de ne pas les plier, Zoé marche entre les deux premiers rangs de réglisses à saveur de fraise. Elle choisit avec soin les plus juteuses, les plus tendres, les plus fraîches.

— Une pour Rose, une pour moi, une pour Rose, une pour moi, compte-t-elle tout en mâchonnant une réglisse sur deux.

À ce rythme-là, la cueillette s'éternise. Zoé en oublie presque sa mission et le philtre.

Heureuse et romantique comme une diva, elle chante fort en se laissant bercer par la brise tiède:

> *Un jour, trala la*
> *Tu viendras trala*
> *Toi, toi, toi que j'aimera.*

Portée par un courant d'air, la dernière note toute ronde de sa chanson arrive à l'autre bout de la plantation.

Ping! Elle frappe la coupe de cristal de Scarlette la Blonde. Eugénie la Brune arrête de parler et toute la bande des Super-Ultras fige sur place.

— Qui ose nous déranger au milieu de notre party? demande Brandy Dandy, leur chef.

Gantés et endimanchés, les Super-Ultras fêtent ce jour-là. Ping! Une autre note vient déranger les invités maquillés.

— Une *love song*, c'est de la pure provo, dit Scarlette la Blonde.

— Oui, tu as raison, ma chère, dit Brandy Dandy. C'est de la provocation pure. Nous assommer avec une chanson d'amour.

— L'amour, pouah! ce sentiment démodé qui fait gonfler de joie et empêche de porter des vêtements ajustés, ajoute la Brune. Partons en guerre, dit-elle en sifflant entre ses dents.

À ces mots, un vent glacial se lève, souffle et couche toutes les réglisses par terre. Plic, plic, plic, plic, plic, plic! Elles tombent toutes les unes sur les autres raidies par le froid.

— Comme c'est bizarre, dit Zoé. Le printemps ne fait que commencer et voilà que l'hiver est déjà revenu… On se croirait en 1985!

Elle frisonne. Le paysage est maintenant comme un vieux film en noir et blanc. Zoé serre son bouquet rouge sur son coeur. Elle le glisse dans sa combinaison pour ne pas qu'il s'abîme.

— Il est temps de partir, se dit-elle.

De grosses gouttes de pluie froide s'écrasent sur son nez. Au moment où Zoé se décide à prendre sa course, toutes ses réglisses tombent dans une flaque d'eau. Se penchant pour les ramasser, elle aperçoit deux grands pieds.

— Nous ne tolérons ni les personnes, ni

les idées quand elles sont vieilles, dit le numéro 1 des Super-Ultras. Et nous détestons tout particulièrement les petites chansonnettes, les amourettes et toutes ces sornettes.

Zoé se relève tranquillement. Brandy Dandy la reconnaît et change aussitôt le ton de sa voix.

— Ah! Mademoiselle Zoé Labrie est parmi nous. Quel honneur! dit-il en essayant de sourire.

— Bonjour monsieur, répond Zoé poliment.

— Tu as une belle voix, ma petite. Mais tu manques de chic et de style. Le chic et le style, c'est ce qui compte. Viens, suis-moi… Nous t'attendions justement.

Brandy Dandy la couvre de son grand parapluie argent. Ainsi escortée, Zoé se retrouve bientôt au milieu des Super-Ultras. La pluie cesse soudainement. À ses côtés, Zoé remarque la présence de Scarlette et d'Eugénie. Brandy Dandy est assis en face d'elle.

— Ma chère Zoé, le temps des Super-Ultras ne fait que commencer. Bientôt, continue-t-il en limant ses ongles longs, nous serons les plus riches, les plus célèbres et les plus beaux spécimens de la race humaine. Si tu veux nous aider, tu pourras rester avec nous et partager notre gloire.

— Oui, je sais, j'ai déjà entendu ça quelque part, ajoute Zoé.

Brandy Dandy ne semble pas du tout apprécier son commentaire.

— Écoute-moi bien, petite… Au moment même où je te parle, la population mondiale augmente de 150 personnes par minute. S'il faut, en plus, que les vieillards se mettent à durer aussi longtemps que madame Yo…

— Excusez-moi, monsieur, vous êtes bien savant et bien élégant, mais une amie m'attend. Si je ne vais pas la rejoindre tout de suite, elle peut mourir.

Brandy Dandy sort un mini-polaroïd de sa veste et pointe son objectif sur Zoé.

— Reste, ou je tire. Et demain, il ne reste plus que ta photo à la dernière page du journal.

— Laisse-la, Brandy, ce n'est qu'une enfant, dit Scarlette la blonde.

Brandy se ressaisit.

— Très bien! Tu es pressée, ma petite… Je le suis autant que toi de me débarrasser des Vieux-Jeunes. Voici ma proposition: je sais que tu possèdes la valise rouge de madame Yo et la recette du philtre d'amour. Je sais aussi que quelques gouttes de pluie acide peuvent transformer cette potion magique en poison. Aide-nous à fabriquer un nouveau breuvage mortel… sinon, tu ne la reverras jamais… ton amie!

Brandy Dandy ne plaisante pas du tout. C'est bien facile à voir.

— Où est Rose? crie Zoé au bout de sa voix.

— D'ici peu de temps, elle sera ma prisonnière, dit Brandy Dandy, sûr de lui.

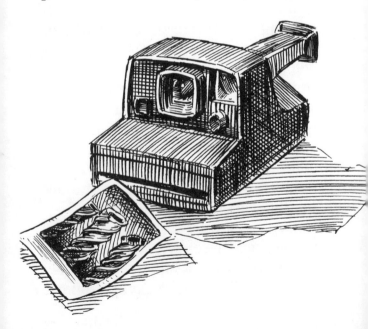

Chapitre XIII

Le wagon de métro est bondé. Charlie n'a jamais vu autant de drôles de moineaux autour de lui.

Les mains dans les mains, les yeux dans les yeux, Rose et le Bigoudi Sentimental sont aussi unis qu'une paire de mitaines. Sur le banc, ils occupent à peine la place d'une personne. Comme une détective, Rose pose question sur question au Bigoudi.

— La première fois que je t'ai vue, répond-il avec application, c'est l'année passée. Le Kitchi avait organisé une grande mascarade pour la fête du soleil.

— Tu ne me connaissais même pas, réplique Rose uniquement pour le provoquer et en savoir plus long.

— Non, mais je t'avais remarquée. Tu n'arrêtais pas de batifoler, espèce de folle!

— De quoi? questionne Rose, étonnée.

Elle se doute quand même bien que le Bigoudi ne dit pas de méchancetés…

— C'est un ancien mot italien. Page 169 du dictionnaire, si tu veux savoir. Ça veut dire que… ce soir-là, ton costume de papillon en néon m'a ébloui. Et que… depuis ce temps, chaque nuit, c'est toi qui voles dans tous mes rêves!

Le Bigoudi trouve toujours le mot qu'il lui faut: il en connaît plusieurs. Ceux qui lui manquent, il les invente.

— À 10 ans, raconte-t-il à Rose, j'ai souffert d'une terrible fièvre. Les médecins ne connaissent même pas encore son nom aujourd'hui. Cette maladie inconnue m'attaquait pendant mon sommeil. Alors, j'ai décidé de la guetter pour la tuer.

Rose a soudain l'impression que le Bigoudi fabrique une histoire pour l'attendrir.

— C'est une belle légende, dit-elle en souriant.

— Tu ne me crois pas? demande le Bigoudi ahuri. C'est vrai, je te le dis, c'est ma vie. La preuve, c'est que j'ai lu tout le dictionnaire pour me tenir éveillé. Les mots qui commencent par A et B, je les connais même par coeur.

— Ah! oui! dit Rose de plus en plus amusée.

Pour vérifier et lui tendre un petit piège, disons un piège à mulot, Rose lui demande:

— Sous la lettre A, nomme-moi le mot le plus appétissant…

Charlie suit leur conversation depuis le début:

— Ananas, répond-il le premier, comme si c'était une question-concours.

— Non! Hamburger, dit aussitôt le Bigoudi pour les déjouer tous les deux.

Rose part à rire. Elle n'est pas trop forte en grammaire, mais ici l'erreur est de taille.

— À propos, aimes-tu le poulet? demande-t-elle au Bigoudi.

— Oui, beaucoup, répond-il en couchant sa tête sur l'épaule de Rose. Moi, j'aime le blanc. Toi?

Rose glisse doucement ses doigts sur la cuisse du Bigoudi:

— Moi, je préfère le jaune de tes pantalons.

Rose et le Bigoudi ont fait l'aller-retour sur toutes les lignes des tonnes de fois. Dans un couloir du métro, ils ont signé des graffiti sur le mur. Rose a fait quatre fautes d'orthographe. Elle a écrit:

Bigoudis, je panse que je suis tomber en umour avec toi.

Le philtre est tout à fait magique! Rose a ri toute la journée et n'a même pas pensé une seconde à manger du chocolat.

— Station Kitchi-Ketchup. Terminus!

Que personne ne bouge!

La voix du contrôleur éclate dans le wagon.

— Qu'est-ce qui lui prend de jouer au bandit, lui? se demande Rose en furie.

— Voici un message d'intérêt public, poursuit l'homme invisible en parlant fortement du nez. Le célèbre magazine des Super-Ultras est heureux de vous annoncer qu'il change de nom. À cette occasion, la direction du nouveau *Hyper-Ultra* invite particulièrement le Studio des Vieux-Jeunes à venir célébrer l'événement. Pour glorifier leur éternelle jeunesse, la grande Zoé Labrie offrira un cocktail gratuit. C'est un rendez-vous à ne pas manquer. Ce soir, à minuit, dans la grande salle à manger du Kitchi-Ketchup.

À ces mots, un murmure gourmand parcourt la foule des passagers. Les acheteurs et les flâneurs se pressent déjà vers la sortie.

— Zoé a toujours des bonnes idées, constate Rose avec fierté. Je veux la revoir tout de suite. Viens-tu, Bigoudi?

Rose lui mordille délicatement l'oreille. Le Bigoudi a les yeux ronds. Comme s'il sortait des limbes.

— Oui, allons-y tout de suite, répond-il

docilement.

Sur le quai du métro, c'est la bousculade. Rose se taille un chemin dans la mer des passants. Le Bigoudi la suit, envoûté. L'effet du philtre diminue, mais il ne le réalise pas du tout.

— Rose, crie-t-il par-dessus la tête des gens, je t'aime tellement que je me jetterais à l'eau pour toi.

Rose le regarde et éclate de rire:

— C'est le temps d'en profiter. On est dans le bain jusqu'au cou, dit-elle en regardant autour d'elle. Viens, je connais une autre façon d'entrer au Kitchi.

Rose lui tend la main mais un homme se glisse entre eux. Il essaie de tirer Rose dans une autre direction. Rose se dégage en le poussant avec force. L'inconnu en perd l'équilibre et le courant des promeneurs a tôt fait de l'emmener ailleurs. De loin, on le voit gesticuler comme un noyé.

Chapitre XIV

Zoé est complètement paniquée. La tête basse, une boule dans la gorge, un noeud dans l'estomac, elle fait cent un pas.

— Je n'aurais pas dû partir, dit-elle dans un chuchotement. Ce doit être parce qu'ils ont beaucoup de soucis que les vieux attrapent des cheveux gris!

Chez Rose, Zoé n'a trouvé personne: ni son amie, ni Charlie. Dans son laboratoire, le pot de potion magique est vide. Zoé ne le remarque même pas. Le Bigoudi aussi est disparu. Sur la table traîne un petit mot mal écrit qui dit: *Je sui zau paradi*. C'est tout.

— Rose est peut-être morte, constate-t-elle. Les Super-Ultras ont mis leur menace à exécution. Ils l'ont kidnappée. Je suis prise comme une mouche dans leur toile d'araignée.

Zoé ouvre les armoires. Elle se sent soudain d'humeur à tout casser, surtout la vaisselle rouge du Kitchi-Ketchup... Sans attendre, elle attaque tous les couverts. Badagne! Pling! L'assiette à gâteau tombe sur le dos. Les grands, les moyens et les petits plats roulent sur le plancher et finissent en ratatouille en se butant contre le mur. Zligne! Zligne! Les bols à soupe, les soucoupes, les saucières volent comme des OVNI.

Quand Zoé se fâche, elle est vraiment inquiétante. On dirait un monstre dans un film d'horreur.

— Espèce de coiffeur mal frisé! Espèce de vieille sauce aux tomates ratatinées! Espèces de Super-Hyper-Ultras Nonos!

Zoé en veut à l'univers entier.

Elle crie.

À la fin, épuisée, elle se laisse tomber sur une chaise qui lui tend les bras.

— Que se passe-t-il ici? Quel est ce brouillamini?

Zoé reconnaît cette voix un peu sucrée et ne tourne même pas la tête.

Suivi de sa valise à roulettes, qu'il tient en laisse comme un petit chien, le comte de Ketchup arrive sans crier gare. Il avance sur les débris de vaisselle comme un fakir sur un tapis de clous.

Crouiche, crouiche, crouiche!

Il arrive à côté de Zoé et pose sa main sur son épaule. Voyant son air affolé, il lui dit:

— Je sais tout. C'est terrible. L'ouragan Arnold a encore tout fracassé sur son passage. Ne t'en fais pas, ma petite. Nous avons autre chose à faire que de recoller ces pots cassés. Ma chère Zoé Labrie, clame-t-il comme un comédien, ta réputation de cuisinière est grande. Je viens aussi te féliciter de ton sens inouï des affaires. Quelle excellente initiative cette soirée avec les Hyper-Ultras!

Puis le comte lui parle de la pluie, du mauvais temps, des nuages électriques, des typhons typiques, des terribles tremblements de terre. Zoé regarde ailleurs. Il lui faut trouver une solution à son problème.

Le comte de Ketchup met fin à son bulletin de météo.

— Au fait, je suis venu voir Rose, ma fille. Je monte chez elle tout de suite. J'ai une belle surprise pour elle!

Zoé n'a pas pu placer un mot dans le monologue du comte de Ketchup. Elle essuie deux gouttes de sueur froide sur son front.

— Comment empêcher les Super-Ultras d'empoisonner le monde? Où est Rose, se questionne-t-elle silencieusement, en Calédonie, en Californie, en Acadie ou à Rimouski?

— Zoé, je suis ici!

Perdue dans ses pensées, Zoé croit

entendre le cri de détresse de son amie. Quand Rose surgit à côté d'elle, Zoé la prend pour une apparition.

Après un moment de surprise, elle se précipite sur elle et lui saute au cou.

— Rose! Les Super-Ultras t'ont libérée! Est-ce qu'ils ont changé d'idée pour ce soir?

Rose est bien étonnée qu'on lui parle ainsi. Le Bigoudi se gratte nerveusement les doigts. Charlie s'est niché sur la tête du coiffeur. Il a le bec ouvert comme s'il venait de perdre un fromage ou son habit du dimanche.

— Je reviens de voyage, dit Rose en souriant… Qu'est-ce qui t'arrive? demande-t-elle en considérant le champ de vaisselle qui s'étend à ses pieds.

Encore émue, Zoé tente de ramasser ses idées. Il s'est passé tellement de choses au cours des dernières heures…

— Les Super-Ultras sont en train de manigancer dans les réglisses! dit-elle à toute vitesse.

Pour éclairer Rose, elle pointe soudainement du doigt le pot vide sur la table et ajoute:

— Brandy Dandy veut transformer le philtre en poison et exterminer tous les

Vieux-Jeunes. Si je refuse de l'aider, il a promis de te faire disparaître toi aussi.

Rose est calme comme un dimanche après-midi. Elle se rappelle sa sortie mouvementée du métro et l'inconnu dans la foule. Avec l'assurance d'un chef d'armée, elle dit enfin, au grand étonnement de ses amis:

— Il faut accepter la proposition des Hyper-Ultras.

— Mais, ils veulent t'enlever, bredouille le Bigoudi, inquiet.

Pour vrai, Rose ne sait pas trop ce qu'elle va faire. Pourtant l'idée de vivre une grande aventure lui sourit.

— J'ai un plan, dit-elle. À moins que le Prince Charmant me tombe sur les bras d'ici là, je pense pouvoir réussir.

— Justement, commence Zoé, ton père est arrivé! Il t'attend.

Chapitre XV

— Le voici, c'est lui!

Le comte de Ketchup, tout fier, dévoile la peinture grandeur nature d'un homme de 1 mètre 70 par 60 centimètres de large. Le Bigoudi et Charlie s'approchent. Rose tourne le dos au tableau.

Le comte de Ketchup poursuit son discours:

— Je suis arrivé plus tôt que prévu. Je vous apporte cette oeuvre du grand Calypso, mon ordinateur le plus doué pour les arts. *Portrait-robot-de-l'homme-parfait-pas-trop-beau-et-pas-trop-nono-que-Rose-aimera*. C'est le titre. Calypso l'a créé spécialement pour toi, à ma demande, dit le comte en tournant autour de sa fille.

— L'homme de ta vie est un exemplaire, un échantillon unique!

Le comte essaie d'attirer son attention, mais Rose l'ignore. Pour le contrarier, elle s'occupe même à nettoyer ses ongles d'orteils avec un petit instrument pointu.

Toujours perché sur la tignasse artificielle du Bigoudi, Charlie ne peut s'empêcher de demander en observant la toile:

— Est-ce que c'est un extra-terrestre?

Le Bigoudi considère le chef-d'oeuvre à son tour. Il semble d'abord très étonné, mais après quelques secondes, il dit d'un air curieusement moqueur:

— En tout cas, il a une drôle de tête, mais plutôt sympathique.

— Ma chère Rose, poursuit le comte, Calypso a aussi annoncé que ton amoureux viendrait sonner à ta porte, vers onze heures trois. Ce soir, il t'accompagnera au grand cocktail des Super-Ultras, pardon des Hyper-Ultras. J'ai tellement hâte de le voir!

— Mais papa, je n'en veux pas, dit Rose en éloignant la mouche qui lui chatouille le pied. Je n'ai pas besoin de ça.

— Mais alors, ma fille, comment arriveras-tu à te libérer du chocolat?

— Je me libérerai quand je voudrai. D'ailleurs j'ai déjà commencé, répond Rose en zieutant le Bigoudi.

— Promesse de droguée! Je ne te crois pas, dit le comte pour la provoquer.

À ces mots, Rose monte sur ses grands chevaux:

— Je ne suis pas une droguée, proteste-t-elle en parlant fort. Je mange du chocolat parce que c'est bon, parce que ça me fait chaud au coeur… Et mes journées passent plus vite.

— Tu manges et tu dors, c'est tout ce que tu fais. Ce n'est pas une vie.

— Au moins, je rêve, ajoute-t-elle avec des larmes de rage dans la voix. Je rêve que je deviens astronaute, babouinologue, chauffeuse d'autobus, doctoresse, pompière, camerawoman, jugesse, mère de douze jumeaux identiques, n'importe quoi… sauf attendre que tu viennes me voir, une fois par année, pour me dire que tu penses à mon avenir.

Rose parle tellement vite, qu'elle semble manquer d'air.

— Je vis comme une otage, au 49e étage. C'est trop haut. J'en ai assez. Tu n'est jamais là, mais tu veux toujours tout décider. Veux-tu que je te dise. Toi, tu es vraiment comme une cerise sur un Himalaya de crème. Tu arrives justement au moment où je dois sauver le monde! dit-elle finalement en pensant à sa mission spéciale.

Le comte contemple sa fille déchaînée.

— Rose exagère. Comme elle me ressemble! songe-t-il attendri. Je te laisse, Rose, j'ai des rendez-vous d'affaires. À plus tard.

Le comte quitte les lieux comme un acteur qui sort de scène. Avec Charlie en guise de chapeau, le Bigoudi s'approche de Rose sur la pointe des pieds.

— Écoute. Moi aussi j'ai une idée. Laisse-moi parler à ton amoureux, ajoute-t-il d'un ton coquin.

Mais Rose ne l'entend pas de la même façon. Elle comprend mal que le Bigoudi lui fasse une telle offre. Ne l'aime-t-il plus? Est-il déjà prêt à laisser sa place à un inconnu? Rose se sent toute chaude. Le sang lui monte aux oreilles.

— Je ne veux plus te voir, toi non plus. Laisse-moi.

Le Bigoudi reste calme.

— Si tu as besoin de moi, je suis dans la jungle, dit-il en sortant du côté du jardin tropical.

Rose est maintenant seule. Étourdie de tant d'émotions et de mots, elle éclate en sanglots.

Chapitre XVI

Après avoir beaucoup pleuré, Rose se sent soulagée comme si elle avait vomi sa peine. Encore un peu ébranlée, elle fait quelques pas et se retrouve le nez collé au fameux tableau.

L'amoureux n'est pas du tout comme elle l'imaginait. Premièrement, on le voit de dos.

Le modèle semble assez jeune. On ne voit pas ses mains, comme si ses bras étaient repliés vers l'avant. Ses cheveux sont ras et sculptés en forme de triangle sur la nuque. Comme personne ne l'observe, Rose retourne la toile et l'appuie sur le mur. Délicatement, elle déchire un coin du papier qui sert de doublure.

À sa grande surprise, elle découvre le véritable visage de celui que l'ordinateur a choisi.

Rose se demande si quelqu'un a voulu lui jouer un tour. Son père? Le Bigoudi? Zoé? L'ordinateur?

Elle sourit enfin.

— S'il s'agit d'une comédie, je vais jouer mon rôle jusqu'au bout. Pourquoi pas celui de la jeune fiancée bien élevée? se dit-elle en jubilant d'avance.

Sans perdre une seconde, Rose presse les boutons de sa montre-téléphone et appelle Zoé. Quand la petite mais célèbre chef cuisinière arrive chez Rose, elle découvre son amie et le Bigoudi en train de comploter.

Épuisé, Charlie s'est endormi sous une fleur géante et jaune.

— Nous n'avons que deux heures pour nous préparer, dit Rose. Suivez-moi dans la salle des costumes, nous allons faire une répétition.

Zoé est très emballée par le projet de Rose.

— S'il s'agit d'une comédie, il faut qu'elle soit musicale, insiste-t-elle. Regardez-moi!

Zoé danse au son de la musique qui joue très fort dans sa tête. Elle tourne, se jette sur le coude sans dire ouche, se relève, recule, retombe.

— Je vais étourdir les Hyper-Ultras, je vous le promets.

Rose a le trac, malgré tout. Elle marche de long en large et surveille Zoé du coin de l'oeil.

— Pourvu que Brandy Dandy ignore que j'ai échappé à un de ses hommes, pense-t-elle en fronçant les sourcils.

Le Bigoudi fouille désespérément dans le vestiaire et va même fureter derrière les décors.

On dirait qu'il cherche quelque chose.

— Ça y est, dit-il en se dirigeant vers un coin plus sombre de la salle.

Lorsqu'il revient auprès de Rose et de Zoé, il tient dans ses bras la petite valise rouge.

Le Bigoudi s'assoit et la dépose sur ses genoux. Zoé écoute attentivement.

— Cette fois, c'est un *mi,* affirme-t-elle.

— Tu as raison, constate-t-il en ouvrant la petite malle. J'espère que Brandy Dandy connaît la musique…

Chapitre XVII

La grande salle à manger est pleine à craquer. De son laboratoire, Zoé regarde entrer les derniers invités. Madame Yo et tous les membres du Studio sont assis aux premières tables. Ils ont l'air plus jeune que jamais.

— Zoé Labrie, tu me surprends agréablement!

Brandy Dandy se tient derrière elle. Il vient de prendre possession de la valise rouge et s'apprête à l'ouvrir pour en vérifier le contenu.

Zoé sait bien que la malle ne contient que des chocolats laxatifs. Son coeur bat plus vite que d'habitude.

— Est-ce que vous aimez la musique? demande-t-elle sans attendre pour détourner l'attention de Brandy.

— Oui, évidemment, répond-il un peu étonné en déposant enfin la mallette à ses pieds. Bien sûr, ajoute-t-il, mais je n'écoute pas n'importe quoi.

— Eh bien, vous ne serez pas déçu. Nous avons invité le fameux groupe Keskispass. Ils nous ont promis confettis et tutti frutti, dit Zoé pour parler comme les

Hyper-Ultras. Vous les connaissez, je suppose?

Brandy Dandy n'a jamais entendu parler de ces musiciens, mais il ne veut surtout pas l'avouer.

— Super!… Je veux dire Hyper! Je suis très heureux de voir que tu collabores aussi bien à mon plan. Écoute, dit Brandy, pour se montrer gentleman, je devrais avoir des nouvelles de Rose Néon. D'ici quelques secondes, ajoute-t-il en regardant sa montre.

Zoé veut en apprendre plus long sur l'organisation de Brandy Dandy.

— Comment le savez-vous? demande-t-elle, faussement innocente.

— Tout a été exécuté selon ma volonté, répond Brandy avec fierté. Rose a été capturée dans le métro, à dix heures trente-deux secondes. Elle se trouve maintenant en lieu sûr, jusqu'à ce que je donne le signal de sa libération. C'est ainsi! Je ne vérifie pas le travail de mes hommes, ajoute-t-il finalement. Un Hyper-Ultra ne commet jamais d'erreur!

Cette drôle d'explication rassure Zoé. Pourtant, la jeune cuisinière n'ose pas croiser le regard de Brandy. Elle a bien trop peur de trahir son jeu.

— Très bien, dit-elle. Je suis prête à commencer quand vous le voulez.

— Bon, allons-y maintenant. Je meurs d'envie de voir la tête des Vieux-Jeunes quand ils vont avaler ma potion.

Brandy sort le premier. Zoé le suit.

Au moment où elle referme la porte derrière elle, un homme affolé entre dans son laboratoire.

— Brandy, crie-t-il, Rose Néon nous a échappé!

Trop tard! Son chef ne l'entend pas. Au milieu des convives qui l'applaudissent, il commence son discours de bienvenue. L'homme de Brandy Dandy enrage. Conscient de son échec, il ramasse la valise rouge et quitte aussitôt les lieux.

Chapitre XVIII

Au salon de coiffure, le Bigoudi termine sa toilette. Charlie est avec lui. Dans son bec, il tient un miroir. Le Bigoudi se place devant et enlève délicatement la perruque qu'il porte tous les jours. Sous ses boucles rouges artificielles, il n'a pas plus de cinq centimètres de cheveux.

Charlie en échappe le miroir. Il pousse un sifflement admiratif. Le Bigoudi tourne comme un mannequin dans une parade de mode, pour bien se regarder.

Charlie n'a pas une cervelle de moineau. Il comprend la situation en un clin d'oeil. Le Bigoudi est vraiment l'amoureux que Calypso a dessiné.

— Incroyable! Cet ordinateur est un très grand maître, constate-t-il.

Le Bigoudi sourit.

— Si c'est une comédie, dit-il, à nous de jouer, mon cher Charlie.

— Un instant! Il ne faudrait tout de même pas m'oublier. Vous m'aviez promis, un jour, de me faire une teinture. Je vous prierais de vous exécuter!

Charlie s'installe sur le dossier d'un fauteuil. Le Bigoudi lui attache une serviette autour du cou et entreprend de transformer l'oiseau du nord en perroquet.

Un peu de jaune ici, beaucoup de bleu, beaucoup de vert par là, un peu de rouge par ici... Touche par touche, comme le ferait le grand Calypso.

— Il est minuit et trois minutes, précise Charlie. Maintenant, il est temps de partir...

Chapitre XIX

Une magnifique pyramide de verre décore l'avant-scène. Les projecteurs en font jaillir mille feux.

Zoé s'affaire à terminer son cocktail. Elle danse, acrobatique. Les caméras braquées sur elle ont peine à la suivre.

Brandy observe ses moindres gestes. Satisfait, il guette le moment où il pourra compléter la recette. Ce soir, le chef des Hyper-Ultras est vêtu comme un empereur. Il porte un turban, des colliers d'ambre, une veste et des chemises rouges ainsi qu'une longue jupe de soie.

— C'est la toute dernière mode, expliquent les commentateurs de la télévision.

Ça y est! Le breuvage coule enfin comme le Niagara dans un grand vase. Zoé dépose trois fraises sur cet océan aux reflets prismacolor.

La musique est légèrement épicée. L'ambiance est chaude comme un matin hollywoodien. Au fond de la salle, le comte de Ketchup cherche sa fille, nerveux.

Suivi de Scarlette et d'Eugénie, Brandy Dandy s'approche de Zoé.

Faisant mine d'exécuter un pas de zap

rap, la jeune cuisinière arrache subitement le micro. Elle se place précisément entre les Hyper-Ultras et le vase.

Croyant qu'il peut enfin entrer en action, Brandy Dandy s'avance plus près. Son flacon de pluie acide dans la main, il se prépare à verser les gouttes qui feront déborder le vase. Zoé l'arrête et prend la foule à témoin.

— Mesdames et messieurs, le moment que vous attendez tous est enfin venu. Il me fait donc plaisir de m'associer aux Hyper-Ultras et à leur nouveau magazine pour vous annoncer une grande primeur. Rose Néon, la fille du célèbre comte de Ketchup, se fiance!

À ces mots, les rideaux de la scène s'entrouvrent. Accompagnée de son amoureux, Rose fait une entrée triomphale. Bien à l'aise avec ses nouvelles plumes de perroquet, Charlie se tient droit sur son épaule.

Les musiciens poussent une note de musique plus aiguë… Saisie de panique, Scarlette recule d'un pas. Son pied se pose maladroitement sur un pan de la jupe du chic Brandy.

Crac! L'étoffe précieuse ne résiste pas. Le chef des Hyper-Ultras se retrouve subitement vêtu comme un romain, d'une mini-tunique.

Aux premières rangées, les spectatrices émerveillées essaient de toucher ses genoux comme des cailloux. Brandy Dandy se protège du mieux qu'il peut, mais il finit par renverser son petit flacon. Comme une légère ondée, la pluie acide tombe sur le sol, d'où s'élève aussitôt une brume bleue.

La foule aime le spectacle. Elle fait oh! ah!

Zoé regarde vers la coulisse. Apparaît alors un garçon de table qui s'empresse de venir servir des coupes débordantes à tout le monde.

Complètement ému, le comte de Ketchup accourt vers sa fille.

— En votre nom, dit-il aux invités, je suis heureux de porter le premier toast. À ma fille! Elle est si belle! Célébrons cette magnifique rencontre entre M. Lamoureux et Rose!

Et puis, pour donner l'exemple aux autres, il prend une première gorgée.

Les Hyper-Ultras sont bien obligés de l'imiter. Des millions de téléspectateurs les regardent. Brandy Dandy trempe ses lèvres dans la coupe. Sous l'effet du philtre, il se sent soudain envahi d'une émotion vieille comme un brontosaure. Son coeur ne le supporte pas. L'organe grossit, grossit et finit par le faire éclater comme un ballon. Brandy Dandy s'évapore dans l'air. Sous sa carapace de peau, il était vide.

La foule applaudit de plus belle en pensant qu'il s'agit du clou de la soirée.

Eugénie et Scarlette se mettent à sourire malgré elles, pour la première fois depuis longtemps. Sous le maquillage, tout leur visage craque. Humiliées, elles quittent la scène pour se cacher.

Le comte de Ketchup ne voit rien de tout ça. Heureux comme un roi, il se tourne vers le Bigoudi:

— Vous ressemblez vraiment au portrait. C'est magnifique! Quel homme extraordinaire je suis! Tournez-vous, ordonne-t-il, pour savourer son exploit.

Sans perruque, le Bigoudi est tout à fait un autre homme. Rose ne sait même pas si son père reconnaît le jeune coiffeur. Elle pouffe de rire dans les bras de son amoureux:

— C'est une belle comédie... merci Bigoudi, lui souffle-t-elle à l'oreille. L'amour c'est beaucoup plus drôle que je pensais...

Comme elle se trouve à côté de Rose, Zoé lui prend la main et lui dit:

— C'est pour toi que j'ai composé cette chanson. Écoute bien. De sa plus belle voix, elle lui roucoule cette chansonnette:

Roudou dou
Ratatou mon zazou
Pour moi, tu es tout.

La bouche fendue d'une oreille à l'autre, les yeux pleins d'eau, le comte est à moitié mort de rire.

— C'est pas sérieux, mais c'est beaucoup mieux. Soyez heureux, je m'en vais!

Le Bigoudi amoureux prend Rose par la taille et la fait tourner. Ses nombreuses jupes frétillent de plaisir.

— Rose, ce soir, porte une robe moitié taffetas, moitié alpaga avec plein de falbalas et de fla-flas. À sa taille, une ceinture de castagnettes qui fait kiketique, kiketique. On pense déjà que ce type... d'accoutrement sera très en vogue la saison prochaine. De toute façon, le spectacle de ce soir est une réussite totale, dit un des commentateurs de la télévision.

— En ce moment, d'ailleurs, Zoé Labrie circule parmi les invités pour leur servir à boire, ajoute l'autre.

— Toujours aussi prodigieuse, cette petite, précise le premier.

— En dernière heure, nous apprenons également que notre réputée chef cuisinière s'envolera la semaine prochaine à destination d'une île d'Amérique tropicale, annonce fièrement le second…

— Dans la nouvelle succursale du Kitchi-Ketchup, incidemment! reprend le premier.

— Évidemment, répète l'autre.

Chapitre XX

— Si Zoé s'envole, je m'en vais aussi, dit Charlie à Rose. C'est sur cette île que se tient le grand congrès des perroquets. Je veux absolument y assister. Là-bas, insiste-t-il, je pourrai enfin visiter mes idoles, les toucans marrants. J'en rêve depuis des années…

Le Bigoudi, Rose et Charlie sont une fois de plus réunis dans la jungle.

Rose réfléchit. Elle chiffonne nerveusement un papier métallisé au fond de la poche droite de sa jupe. C'est là qu'elle cache habituellement ses bouchées de vous-savez-quoi. Cette fois, il n'y en a pas!

Rose porte ses doigts à son nez retroussé. Elle ferme les yeux et respire cette odeur si familière.

— C'est vrai, dit-elle, Zoé ne peut pas partir toute seule… Depuis mon voyage dans le métro, j'ai envie de visiter le reste du monde… Nous avons sauvé les Vieux-Jeunes, je mérite bien une récompense, ajoute-t-elle avec confiance.

— Rose parle exactement comme le comte de Ketchup, pense Zoé.

Le Bigoudi est silencieux. Il se gratte

nerveusement les doigts. Rose se rapproche de lui.

— Je t'écrirai des lettres, beaucoup de lettres, autant que dans le dictionnaire. Et puis, quand j'aurai trouvé la montagne la plus mirifique de l'île, je te donnerai rendez-vous…

— La plus miri… quoi? demande le Bigoudi.

— Ça signifie merveilleux. C'est écrit à la page 1206 du dictionnaire, si tu veux vérifier…

Dans la même collection

Ani Croche, de Bertrand Gauthier,
illustré par Gérard Frischeteau.

Le complot, de Chrystine Brouillet,
illustré par Philippe Brochard.

Les géants de Blizzard, de Denis Côté,
illustré par Serge Chapleau.

Achevé d'imprimer
sur les presses des Ateliers des Sourds Montréal (1978) inc.
troisième trimestre 1985